LA CHARTE DU MANDÉ
ET AUTRES TRADITIONS DU MALI

Traduit par YOUSSOUF TATA CISSÉ
et JEAN-LOUIS SAGOT-DUVAUROUX

Calligraphies de
ABOUBAKAR FOFANA

ALBIN MICHEL

Le document qui suit et auquel je donne le titre de *Charte du Mandé* est la traduction d'un récit qui m'a été transmis en 1965 par Fadjimba Kanté. Il était alors patriarche des forgerons de Téguè-Kòrò, et chef de la "confrérie des chasseurs" de cette localité du cercle de Kangaba, à cent vingt kilomètres au sud de Bamako, capitale du Mali.

Mes maîtres initiateurs de Kinièrgouè, un village voisin, venaient de m'envoyer auprès de ce grand traditionaliste afin qu'il m'entretienne en m'informant sur l'œuvre des "chasseurs" à travers les âges. (Je menais à l'époque une étude exhaustive sur la cosmogonie et la mythologie, les signes graphiques et les peintures pariétales, les masques et statuettes, qui constituent autant de supports de l'art et de la culture mandingues.) À la question de savoir quelle était, selon lui, l'œuvre majeure de la "confrérie des chasseurs",

Fadjimba répondit sans hésitation : "L'abolition de l'esclavage." Devant mon étonnement, maître Fadjimba poursuivit d'une voix grave et solennelle : "C'est au nom du credo de leur société, la *donso tòn*, (une confrérie initiatique de type maçonnique) qui prêche la fraternité universelle, l'amour du prochain, la droiture morale et spirituelle, la protection et la défense des pauvres et des faibles contre l'arbitraire et la tyrannie que, en accord avec leurs alliés, les chasseurs, dont le titre de gloire est *Sanènè ni Kòntròn denw*, 'les enfants de Sanènè et Kòntròn', conçurent la présente charte." (Sanènè et son fils Kòntròn ne sont d'aucun pays ni d'aucune race : ils sont l'incarnation des vertus humaines portées au plus haut degré d'expression.)

Appelée d'abord *Donsolu Kalikan*, "Serment des chasseurs", puis *Dunya makilikan*, "Injonction au monde", cette déclaration fut solennellement proclamée, dans Dakadjalan, la première capitale de l'empire du Mali, sous le nom de *Manden Kalikan*, le Serment du Mandé. C'était le jour de l'intronisation de Soundjata Keïta, le fondateur de l'empire du Mali. (Nous sommes fin 1222, et la grande comète dite comète de Halley illumine alors le ciel du Mali...)

La Charte du Mandé reflète manifestement la situation qui prévalait à l'époque en Afrique de l'Ouest, notamment au Mandé. En effet, avec l'expansion de l'islam et sa conséquence indirecte sur le plan social, l'esclavage, la capture et la vente de l'homme par l'homme étaient devenues un fait banal. Dix, voire vingt esclaves se troquaient contre un cheval ou une barre de sel gemme. Il suffisait à l'époque de s'indigner de tels actes pour entendre leurs auteurs s'écrier, sarcastiques : "Si les poissons se mangent, ce n'est point par gourmandise : les gros poissons vivent naturellement des petits."

L'on comprend dès lors que la volonté clairement exprimée par les "chasseurs" d'abolir la capture et la déportation des hommes vers le nord musulman du pays ne plut point aux puissants du moment. Devant la levée de boucliers qui s'ensuivit, une seule action prévalait aux yeux de Soundjata Keïta et de ses compagnons : la lutte sans merci contre les esclavagistes d'où qu'ils viennent. Du cœur du Mandé (sud de Bamako) au pied des falaises du pays dogon, et des Monts mandingues au Haut-Sénégal, des brigades volantes traquèrent sans répit les marchands d'esclaves. La lutte fut plus sanglante encore dans le Sahel contre les esclavagistes soninkés, maures et touaregs.

"C'est parce qu'ils mirent fin à la capture et à la vente des hommes et préservèrent ainsi le Mandé des famines endémiques qui avaient rendu exsangues ses populations, que Soundjata et ses pairs octroyèrent aux Malinkés leur dignité d'hommes. Voilà pourquoi les initiés s'accordent pour dire que l'œuvre majeure des chasseurs fut bel et bien l'abolition de l'esclavage", conclut Fadjimba Kanté.

Youssouf Tata Cissé

MANDEN KALIKAN[1]
Texte original de la Charte du Mandé

Manden sigila bèèn ni kanu le kan, ani hòòrònnya ni banden-
nya. O kòrò le ko siyawoloma tè Manden tukun. Aan ka kèlè
kòrò dò filè nin di. O la sa, Sanènè ni Kòntròn dennu bè na u
kanbò dunya fan-tan-ni-naani ma, Manden bèè ladèlen tòkò la.

1. Donsolu ko :
   Ko nin bèè nin ;
   Ko tonya kòni do ko nin bè bò fònyò na nin nya,
   Ko nga nin man kòrò ni nin di,
   Ko nin man fisa ni nin di.

2. Donsolu ko :
   nin bèè nin,
   Nin tòòrò sara bali tè.
   O la sa,
   Ko mòkò shi ka na bila i sigi-nyòkòn na
   Ko mòkò ka na i mòkò nyòkòn nin ma tòòrò
   Ko mòkò ka na i mòkò nyòkòn ladyaaba.

3. Donsolu ko :
   Ko bèè k'i dyanto i mòkò nyòkònnu na
   Ko bèè k'i bangebagalu bato
   Ko bèè k'i dennu lamò a nya ma
   Ko bèè k'i la lumòkòlu ladon.

4. Donsolu ko :
   Ko bèè k'i dyanto i faso la ;
   Ko n'i nòò a mè ko faso, n'o ye dyamani di
   Ko mòkòlu ko don
   Ko ni mòkò banna dyamani woo dyamani kò kan,
   Ko o dyamani wo dugu-kolo yèrè bè nyannafin.

5. Donsolu ko :
   Ko gòngò ma nyi
   Ko dyònnya ma nyi ;
   Ko gòngò ni dyònnya nyòkòn ko dyugu tè,
   Dunya-so yan.

---

1. *Manden* est la transcription officielle du nom du pays mandingue,
mais dans le texte français, nous avons préféré *Mandé*, également usité,
qui rend mieux compte de sa prononciation pour les lecteurs francophones.

Ko ka ton ni kala to annu bolo,
Ko gòngò tè mõkò faka tukun, Manden,
Ni dyaa kèra na-fèn di;
Ko kèlè tè dugu ti tukun, Manden,
Ka a dyòn bò;
Ko nèkè tè don mòkò da rò tukun, Manden
Ka waa a feere;
Ko mòkò tè bugò tukun, Manden
Sanko k'a faka,
K'i ye dyòn-den di.

6. Donsolu ko :
Ko dyònnya shi lasala bi,
Manden dènèn n'a dènèn;
Ko binkanni dabilala bi, Manden,
Ko nyani dyugu banna bi, Manden.
Kòngò ma nyi,
Malo tè gòngòtò la;
Nyani ma nyi,
Dyò-yòrò tè nyanibagatò la;
Danbe tè dyòn na
Dunya yòrò shi.

7. Fòlò mòkòlu ko :
Ko mòkò-nin-fin yèrè-kun,
A kolo n'a buu
A sèmèn n'a fasa,
A galo n'a fari kan shi,
Ko olu bè balo suman ni dyi le la;
Ko nga k'a nin bè balo fèn saba la :
Sako na mòkò ye,
Sako na kuma fò
Ani sako na ko kè;
Ko ni nin fèn saba dò ye nin madyè,
Ko nin bi tòòrò,
Ko nin bi tyòòlò.
O la sa, donsolu ko :
Ko bèè wasa b'i yèrè rò,
N'a ma kè i faso tana tinya di;
Ko bèè ta ye i sòròfen di.

Manden kali-kan filè nin di,
Ka a da dunya bèè ladèlen tolo kan.

Le Mandé fut fondé sur l'entente et la concorde, l'amour, la liberté et la fraternité. Cela signifie qu'il ne saurait y avoir de discrimination ethnique ni raciale au Mandé. Tel fut l'un des buts de notre combat. Par conséquent, les enfants de Sanènè et Kòntròn font, à l'adresse des douze parties du monde, et au nom du Mandé tout entier, la proclamation suivante :

Les enfants de Sanènè et Kòntròn déclarent :
toute vie humaine est une vie.
Il est vrai qu'une vie apparaît à l'existence
avant une autre vie,
mais une vie n'est pas plus "ancienne",
plus respectable qu'une autre vie,
de même qu'une vie ne vaut pas mieux
qu'une autre vie.

Les enfants de Sanènè et Kòntròn déclarent :
toute vie étant une vie,
tout tort causé à une vie exige réparation.
Par conséquent,
que nul ne s'en prenne gratuitement à son voisin,
que nul ne cause du tort à son prochain,
que nul ne martyrise son semblable.

Les enfants de Sanènè et Kòntròn déclarent :
que chacun veille sur son prochain,
que chacun vénère ses géniteurs,
que chacun éduque ses enfants,
que chacun pourvoie aux besoins
des membres de sa famille.

Les enfants de Sanènè et Kòntròn déclarent :
que chacun veille sur la terre de ses pères.
Par patrie, pays, ou terre des pères,
il faut entendre aussi et surtout les hommes :
car tout pays, toute terre qui verrait les
hommes disparaître de sa surface
connaîtrait le déclin et la désolation.

Les enfants de Sanènè et Kòntròn déclarent :
la faim n'est pas une bonne chose,
l'esclavage n'est pas non plus une bonne chose ;
il n'y a pas pire calamité que ces choses-là,
dans ce bas monde.
Tant que nous disposerons du carquois et de l'arc,
la famine ne tuera personne dans le Mandé,
si d'aventure la famine survient ;

la guerre ne détruira plus jamais de village
pour y prélever des esclaves ;
c'est dire que nul ne placera désormais
le mors dans la bouche de son semblable
pour aller le vendre ;
personne ne sera non plus battu au Mandé,
a fortiori mis à mort,
parce qu'il est fils d'esclave.

Les enfants de Sanènè
et Kòntròn déclarent :
l'essence de l'esclavage
est éteinte ce jour,
"d'un mur à l'autre",
d'une frontière à l'autre
du Mandé ;
les razzias sont bannies à
compter de ce jour au Mandé,
les tourments nés de
ces horreurs disparaîtront
à partir de ce jour au Mandé.
Quelle horreur que la famine !
Un affamé ignore toute
pudeur, toute retenue.
Quelle souffrance épouvantable
pour l'esclave et l'affamé,
surtout lorsqu'ils ne disposent
d'aucun recours.
L'esclave est dépouillé de sa
dignité partout dans le monde.

Les gens d'autrefois nous disent :
"L'homme en tant qu'individu
fait d'os et de chair,
de moelle et de nerfs,
de peau recouverte de poils et de cheveux
se nourrit d'aliments et de boissons ;
mais son 'âme', son esprit vit de trois choses :
voir ce qu'il a envie de voir,
dire ce qu'il a envie de dire,
et faire ce qu'il a envie de faire.
Si une seule de ces choses
venait à manquer à l'âme,
elle en souffrirait,
et s'étiolerait sûrement."
En conséquence, les enfants
de Sanènè et Kòntròn déclarent :
chacun dispose désormais de sa personne,
chacun est libre de ses actes,
dans le respect des "interdits",
des lois de sa Patrie.

Tel est le Serment du Mandé
à l'adresse des oreilles du monde tout entier.

La marche de l'univers
L'univers est progression
jusqu'à l'immuable,
l'illimité et l'Incréé.

La personne humaine

L'homme est le terme,
le sceau de la création,
et sa luminescence.

배

Le mariage

Le mariage n'est pas de l'esclavage ;
il n'est pas non plus un vil marchandage,
et encore moins un affrontement des sexes.
Il se fonde sur l'amour émanant de l'âme.

La noblesse d'âme

Il n'existe pas dans la brousse
un arbre plus grand que le rônier :
si deux personnes se tiennent à son pied,
l'une d'elles aura le dos au soleil.
Il n'existe pas non plus dans la brousse
un arbre plus gros que le baobab :
débitez son tronc
et vous n'y trouverez guère
de quoi confectionner un escabeau.
Ainsi l'ampleur du corps compte peu,
de même que la hauteur de la taille.
Ce qui importe pour un homme,
c'est la noblesse d'âme
et les qualités qu'elle suppose.

Ce qui importe pour une personne digne de ce nom,
c'est de vivre en bonne intelligence avec ses semblables
tout en restant en accord intime avec soi-même.

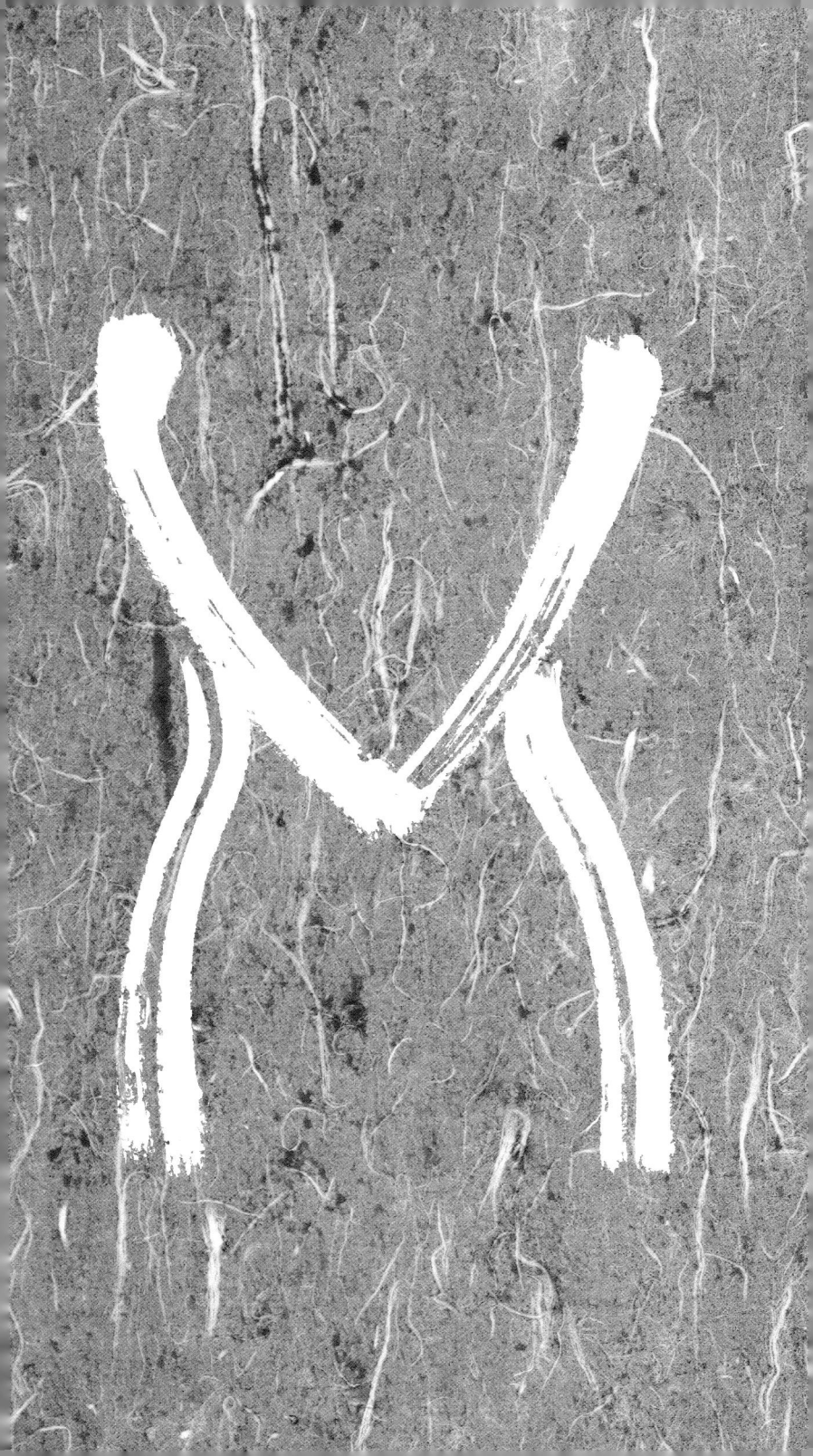

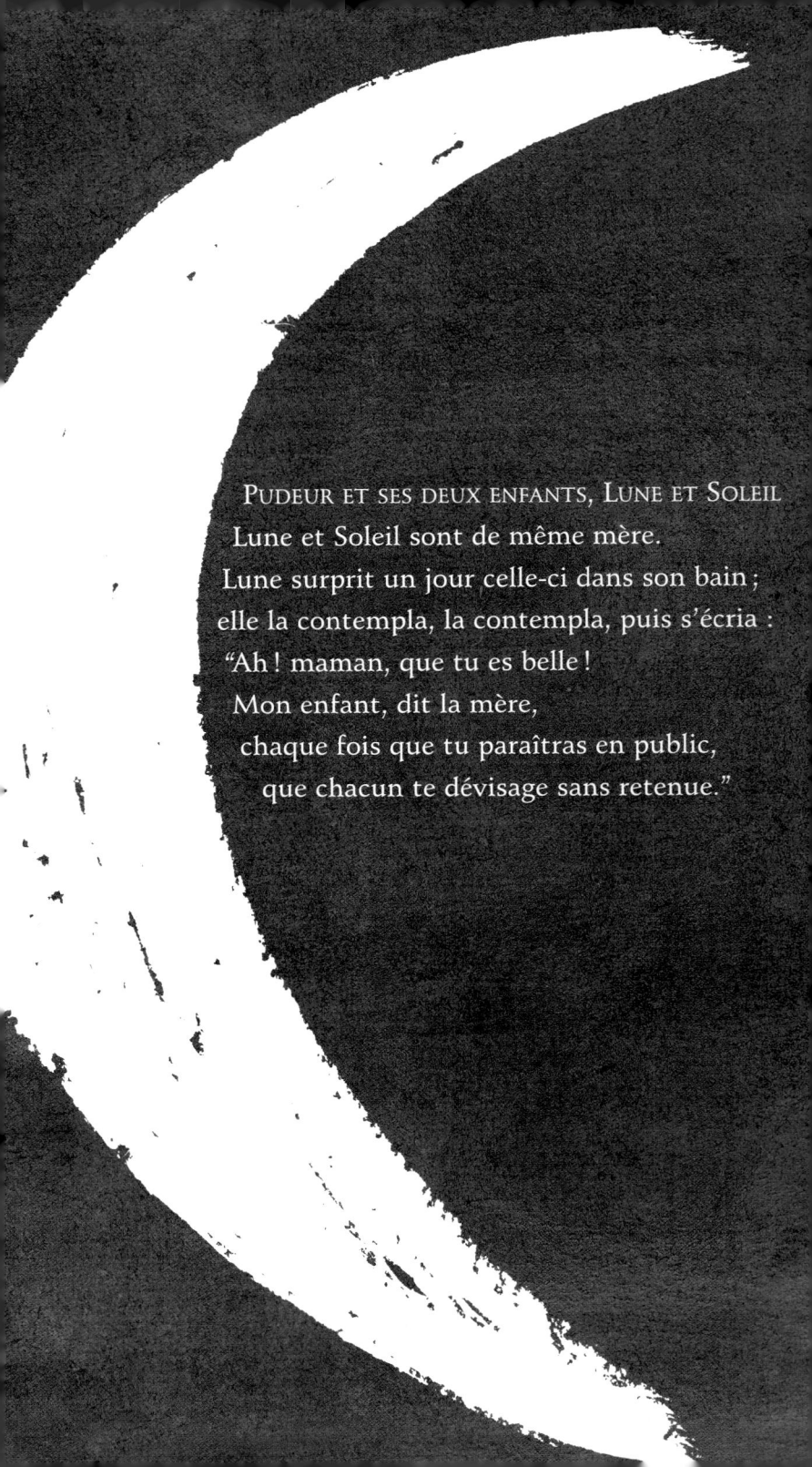

Pudeur et ses deux enfants, Lune et Soleil
Lune et Soleil sont de même mère.
Lune surprit un jour celle-ci dans son bain ;
elle la contempla, la contempla, puis s'écria :
"Ah ! maman, que tu es belle !
 Mon enfant, dit la mère,
  chaque fois que tu paraîtras en public,
   que chacun te dévisage sans retenue."

Peu de temps après, ce fut le tour de Soleil
de surprendre sa mère dans son bain.
Il détourna vivement les yeux,
et s'enfuit à toute allure :
il ouvrit successivement sept portes
qu'il referma derrière lui,
avant d'aller enfouir sa tête sous un drap.
Sa mère vint le trouver et lui dit :
"Mon enfant, chaque fois
que tu paraîtras en public,
que toute personne qui tenterait de te dévisager
ait les yeux remplis de larmes."
C'est depuis ce jour, jusqu'au jour d'aujourd'hui,
que même les petits enfants dévisagent Lune
comme ils l'entendent,
alors que nul ne saurait regarder Soleil
sans être ébloui.

Le chant du métier à tisser
ou l'harmonie du monde

Tel sait telle chose que tel autre ne sait pas ;
tel ne sait pas telle chose que tel autre sait,
clame la poulie.

Tel précède tel autre, tel autre le suit ;
tel suit tel autre, tel autre le précède,
cadencent les pédales.

Tel s'en va, tel autre arrive ;
tel arrive, tel autre s'en va,
chante la navette.

Tel monte, tel descend ;
tel descend, tel autre monte,
disent les lices.

Entente ! Entente ! Entente !
Entendons-nous, rien ne vaut l'entente :
ainsi s'édifia le monde,
ainsi finira le monde ;
ainsi naquit le monde,
ainsi s'en ira le monde,
martèle le peigne.

Le crocodile sacré

Mari le dieu des rivages,
Mari qui trace les signes sacrés en se déplaçant,
Mari qui assaille ceux qui viennent souiller
le domaine de Fâro déesse de l'eau,
Mari le dieu des rivages
tu es le crocodile gardien de la chose divine
qui hante le sable des plages
de même que les rochers
bordant les fleuves et les mares.

Dans le monde humain,
le temps est trois,
le temps de dire,
le temps de faire,
le temps de voir.
Ainsi, quand vient le jour
où ta parole est à dire,
annonce !
Quand vient le jour
où l'affaire doit être faite,
agis !
Et quand vient le jour
d'examiner tout ça,
alors fais les comptes !
Le monde humain,
ce sont ces trois temps-là.

VIE ET RÉSURRECTION
Celui qui a créé la mort
est Celui-là même qui a créé la vie.
Celui qui a créé la vie
est Celui-là même qui a créé la mort.
La mort est une vérité, une réalité
et la résurrection un mensonge,
une imposture.

Nous venons au monde
entre des mains humaines.
Nous nous en allons
entre des mains humaines.
L'humain ne se fait pas humain
sans compagnie humaine.
L'humain ne se fait pas humain
à son insu.
C'est pour cela qu'on dit :
l'ultime remède de l'être humain,
c'est son prochain.

Entendez le chant du coucal,
dans le bois du fleuve,
sur le plus grand arbre,
le coucal a donné son chant :
la vie dure peu dans ces lieux.

Séparons-nous de la dureté,
de la dureté dans cette vie.
Exerçons plutôt la bonté,
la bonté prépare demain.

Compatissons avec les pauvres,
avec les pauvres dans cette vie.
Et craignons la vie de ce monde,
dans ces lieux, la vie ne dure pas.

Combien même la vie
t'aurait fait puissant roi,
ta fin suit.
Combien même la vie
t'aurait fait puissant arbre,
ta fin suit.

Sirius
Étoile annonciatrice des rites de passage,
te voilà éclatante de blancheur.
Allons annoncer la bonne nouvelle aux mères.
Quand Sirius brille de tout son éclat,
les mères s'émeuvent et s'écrient :
Ah ! mon enfant chéri !

Si tu as entendu : noir,
comprends : ténèbre.
Si tu as entendu : ténèbre,
comprends : mystère.
Le lieu d'où tout vient,
le lieu où tout va,
mystère !
Car le monde est ténèbre,
ténèbre inconnaissable,
le monde est mystère,
mystère impénétrable.

Le cheval de guerre

Assaut du cheval de guerre !
Tu surgis sans raison, tambour d'attaque !
Tu pars sans cause, tambour du pillage !
Capitaine fougueux des enfants sans frein,
étranger ravageur au bout du champ,
    cheval de guerre,
        tu dévastes et tu ruines,
          tu massacres celui
           qui t'héberge.
            Étranger le soir,
             maître de la ville
              au petit matin.

Cheval de guerre,
tes pieds d'avant creusent la tombe,
tes pieds d'arrière la referment.
Ta queue évente le malheur,
ton corps l'ébroue,
tes paupières l'embrasent,
tes naseaux le crachent,
tes oreilles lui font la route,
tu hoches la tête comme le roi des vautours,
on croit que tu observes,
mais tu avances sans voir et tu dévastes.

Grand-Serpent-Lové
tout ce que j'ai fait
au cours de ma vie
n'est pas de mon fait ;
Grand-Serpent-Grand-Lové
ce qui a été arrêté par Dieu
n'est-il pas plus "ancien",
plus essentiel que
ma vie d'homme ?
Épargne-moi donc,
Grand-Serpent-Grand-Lové.

Ô Serpent !
Ô Serpent !
La mort n'est pas une bonne chose.
Je m'en vais emprunter
le long chemin de l'au-delà.
Qu'elle n'est pas bonne, la mort !

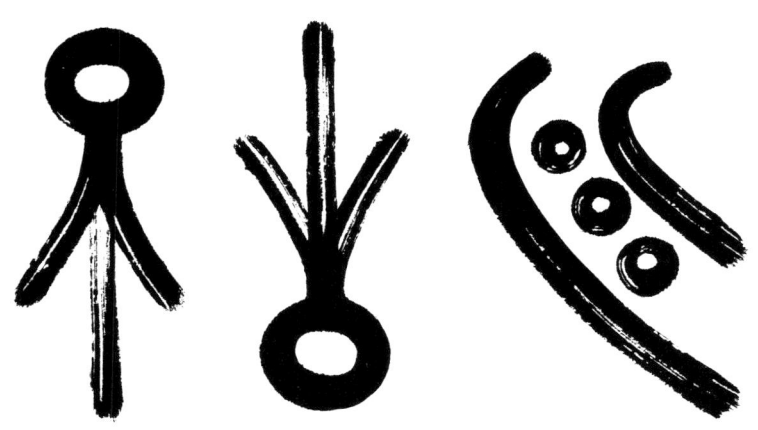

Aboubakar Fofana

À l'âge de douze ans, je fus "donné" à un oncle qui vivait en France, selon une tradition qui fonctionnait quand le "don" se faisait d'une rue du village à une autre, mais que les grandes migrations d'aujourd'hui rendent souvent cruelle. Le Mali n'est donc pas un pays dont je suis venu. C'est un pays d'où j'ai été arraché. Cette histoire m'a pour une part fait basculer dans la culture française, qui est depuis devenue mienne. Ma spécialité est la calligraphie latine. Mais mon corps vient d'ailleurs, d'avant cette déchirure. Mon corps et cette déchirure me somment d'interroger l'Afrique où je suis né.

Je l'ai fait dans mon savoir-faire, le signe écrit, ce qui peut paraître paradoxal tant s'est imposée l'image d'une Afrique tout entière vouée à l'oralité. Les chemins que j'ai choisis – disons plutôt les chemins qui m'ont choisi – sont eux aussi paradoxaux. D'abord l'Extrême-Orient, la calligraphie chinoise ancienne, la découverte d'un univers de signes idéopictographiques dont la puissance plastique, magique s'impose en deçà même de la signification qu'ils portent. Quand je découvre que mon Mali natal a lui aussi produit pour des besoins initiatiques et liturgiques un riche univers d'idéopictogrammes, j'y vois la même expressivité des signes, souvent des formes proches, le même déplacement par rapport aux usages devenus très profanes, très utilitaires de l'écriture en Europe.

Dans les sociétés dominantes du Nord, tous ceux qui connaissent un peu les civilisations d'Afrique sont passés par un chemin buissonnier. Ces cultures sont pour l'essentiel exclues de l'enseignement général. Elles subissent en outre les effets d'un déni pluriséculaire profondément intériorisé et il n'est pas facile de lever le couvercle. C'est par moi-même, avec une certaine surprise, que je découvre la place singulière de l'écriture en Afrique. Les grandes civilisations écrites, l'Égypte bien sûr, l'Éthiopie, l'Islam malien jusqu'à l'effondrement de l'empire du Songhoy, au XVIe siècle, mais aussi la profusion des pictogrammes qui tiennent le sens de la vie et conduisent l'être humain dans les liturgies de l'existence, ou encore cette explosion d'alphabets et de syllabaires qui, à partir du XIXe siècle, tentent de faire pièce, dans le champ culturel, à la pression de l'Europe conquérante. De ces investigations, je tire un premier témoignage public, l'exposition *L'Afrique par écrits*, où sont sérigraphiés sur des bannières de cotonnade teintes à l'ancienne douze signes, mots ou phrases issus de douze des écritures nées en Afrique.

Ce travail me met en contact avec Jean-Louis Sagot-Duvauroux qui participe à l'élaboration du concept et écrit les textes. À l'époque, je ne le connais pas encore, mais j'ai vu sa belle adaptation de *Antigone* mise en scène par Sotigui Kouyaté, ainsi que le film *La Genèse* de Cheick Oumar Sissoko, dont il a écrit le scénario. J'ai été frappé par la justesse avec laquelle il a su faire rayonner ces histoires universelles en les plongeant dans la vérité du Mali, pays dans lequel il a été immergé jeune homme et qu'il a fait sien. Ses traductions de textes anciens tirent le français très loin vers les rythmes, la concision, la puissance expressive des langues de l'aire culturelle du Mandé, dégageant une poésie qui

me replonge dans mon univers d'enfance. Nous devenons amis et tout naturellement, quand les éditions Albin Michel me proposent d'ajouter à la belle collection des *Carnets du calligraphe* un volume inspiré des écritures de l'Afrique sub-saharienne, je lui demande de m'aider à définir le contenu de l'ouvrage.

Jean-Louis Sagot-Duvauroux me convainc sans peine de placer cette entreprise sous le signe de la Charte du Mandé, texte politique de première importance, porté depuis la nuit des temps par les confréries de chasseurs initiés. Ce texte, lui et moi en avons pris connaissance par l'intermédiaire de l'ethnologue Youssouf Tata Cissé, qui en a recueilli la tradition et dont la science nous impressionne. Nous lui demandons donc de s'adjoindre à notre petite équipe, ce qu'il accepte immédiatement. Telle est la source de ce livre.

La Charte du Mandé est un trésor, un trésor caché. Beaucoup de ses sentences à la rédaction polie par le temps font partie de l'univers mental quotidien du Mali d'aujourd'hui et de ce qu'on pourrait appeler sa vie politique souterraine, lieu de parole et de pensée où se règlent bien des conflits face auxquels l'État officiel reste impuissant. *Nin bèè, nin !* Toute vie est une vie ! Tradition de liberté et d'égalité bien présente, quoique dominée, dans un vieux fond comportemental bamanan spirituellement entretenu par les chasseurs initiés : ironie devant les rodomontades des pouvoirs politiques ou religieux, respect de la nature et de ses rythmes, grande liberté face aux hiérarchies sociales ou généalogiques, sensibilité au droit des femmes… Ce texte met en formules des façons de faire toujours très présentes, la volonté de traiter par les mots et non par les coups les conflits qui naissent des passions humaines, une certaine tolérance dans l'expression de ces passions. Il est un patrimoine de l'humanité.

Et puis je suis très sensible à la force expressive propre des textes produits et transmis par oral, force littéraire liée à l'immédiateté, à des nécessités mnémotechniques, au fait que ces phrases ne sont jamais prononcées "pour rien", *gwansan* comme on dirait en langue bamanan, mais dans un certain contexte et pour un certain effet qui n'est jamais exclusivement littéraire. Il y a là une convergence avec ce qui se passe chez le calligraphe quand il s'engage dans son trait. La concentration est totale, brutale. La rature est interdite. Jaillissement toujours premier, et pourtant toujours adossé à des signes ou des textes préexistants. À l'instar du calligraphe, l'auteur qui produit ses textes par oral est contraint à l'humilité du passeur qui a puisé dans l'héritage et va le transmettre. Sa mission est de donner vie à la forme qu'il transmet. La transmettre non pas morte, mais vivante.

Au fond, quand Youssouf Tata Cissé et Jean-Louis Sagot-Duvauroux nous donnent ici leurs versions françaises de textes ou de pensées classiques du Mandé,  dans des styles et des partis pris de traductions d'ailleurs assez différents, ils se placent à leur tour dans la position du chasseur ou du griot qui nous "passent le mot".

La plupart des idéogrammes que je calligraphie dans ce livre sont ceux qu'utilisent à des fins essentiellement pédagogiques et religieuses les sociétés initiatiques du Mandé, particulièrement la société du Komo. Le témoignage rare et retenu des initiés, la science des ethnologues nous permettent d'en effleurer la signification. Mais j'aime que subsiste néanmoins une certaine opacité, une certaine résistance à la transparence, car cela ouvre aussi le champ de l'art calligraphique. En servant ces signes avares de leurs significations, je sollicite avec davantage d'intensité cette énergie vitale, ce souffle à la fois très physique et très intérieur qui sont l'instrument de travail du calligraphe. Je me place ainsi dans cette nuit broussailleuse de la découverte de soi, qui passe pour moi par l'exploration d'une Afrique qui, sous la violence de l'orage, s'est refermée sur ses secrets jusqu'à les cacher à ses enfants.

La puissante tradition graphique de l'Afrique de l'Ouest, dans laquelle je m'inscris, entretient une relation particulière avec l'univers du textile. La teinture traditionnelle, à base de minéraux et de végétaux naturels, mais aussi l'indigo végétal – ma passion ! – *écrivent* eux aussi les messages que les corps expriment. Matières vivantes. Signes d'humanité. Ces luxes d'Afrique sont le second versant de ma recherche. Luxes vivants des matières tissées, des teintures naturelles, des signes qui les ornent, des corps qui les portent… J'ai choisi d'en faire le fond de plusieurs calligraphies exécutées pour ce livre. Aujourd'hui, cette recherche me conduit de nouveau vers l'Extrême-Orient, le Japon cette fois, où l'art de l'indigo fait l'objet d'un quasi-culte. En même temps que se composait cet ouvrage, je faisais découvrir le Mali à Masakazu Akiyama, le maître japonais dont je venais de suivre l'enseignement durant six mois, au cœur des

montagnes du Kyushu, dans le cadre d'une bourse de la Villa Médicis hors les murs (Association française d'action artistique).

Circulation des matières et des signes. Circulation des savoirs et des hommes. Signes, traces, empreintes pour une société planétaire capable de se parler, de s'écrire, de se transmettre ses lourds mystères. Les partager. Les respecter.

Aboubakar Fofana

DANS LA MÊME COLLECTION :

Poésie chinoise de François Cheng,
calligraphies de Fabienne Verdier.

Les Quatrains de Rûmî,
calligraphies de Hassan Massoudy.

Le Manuel d'Épictète,
calligraphies de Claude Mediavilla.

Le Cantique des cantiques,
calligraphies de Frank Lalou.

Poèmes zen de Maître Dôgen,
calligraphies de Hachiro Kanno.

Le Cantique des créatures
de François d'Assise,
calligraphies de Frank Missant.

L'Évangile de Thomas,
traduit par Jean-Yves Leloup,
calligraphies de Frank Lalou.

L'Harmonie parfaite d'Ibn 'Arabî,
calligraphies de Hassan Massoudy.

Poèmes tibétains de Shabkar,
traduits par Matthieu Ricard,
calligraphies de Jigmé Douche.

Le Dieu des hirondelles,
Poèmes de Victor Hugo,
présentés par Robert Sabatier,
calligraphies de Claude Mediavilla.

Tous les désirs de l'âme,
Poèmes d'Arménie,
traduits par Vahé Godel,
calligraphies de Achot Achot.

Le Chant du Bienheureux,
La Bhagavad Gîtâ,
calligraphies de Jigmé Douche.

La rose est sans pourquoi,
de Angelus Silesius,
présenté par Christiane Singer,
traduit par Camille Jordens,
calligraphies de Vincent Geneslay.

Collection dirigée
par Jean Mouttapa et Valérie Menanteau
Photographies de Sylvie Durand
Maquette de Céline Julien

© 2003, Albin Michel 22, rue Huyghens, 75014 Paris
Site internet : www.albin-michel.fr
Dépôt légal : mars 2003
N° d'édition : 21412   ISBN 2-226-13736-X
Imprimé en France par Pollina S.A. 85400 Luçon - N° L89047

Les Carnets du calligraphe sont imprimés sur papier Périgord contraste,
la jaquette sur Vergé. Les textes sont composés en Schneidler.